Cyfres Ar Wib
YSBRYD YSTAFELL ANNA

Ysbryd Ystafell Anna

Philippa Pearce

Lluniau Anthony Lewis

Addasiad
Meinir Wyn Edwards

Gomer

Argraffiad cyntaf – 2005

ISBN 1 84323 510 2

Cyhoeddwyd gyntaf ym Mhrydain
gan Walker Books Ltd., 87 Vauxhall Walk,
Llundain, SE11 5HJ dan y teitl *The Ghost in Annie's Room*

ⓗ testun: Philippa Pearce, 2001 ©
ⓗ lluniau: Anthony Lewis, 2001 ©
ⓗ testun Cymraeg: ACCAC, 2005 ©

Dymuna'r cyhoeddwyr gydnabod cymorth
Adrannau Cyngor Llyfrau Cymru.

Cyhoeddwyd gyda chymorth ariannol
Awdurdod Cymwysterau Cwricwlwm ac Asesu Cymru.

Argraffwyd gan
Wasg Gomer, Llandysul, Ceredigion SA44 4JL

Cynnwys

Pennod 1

Pan welodd Efa Dafis yr ystafell wely fach yn yr atig am y tro cyntaf, roedd hi wrth ei bodd.

Meddai ei Hen Fodryb Wini wrthi, 'Ro'n i'n meddwl y byddet ti'n cysgu fan hyn. Iawn, cariad bach?'

'*Ie*, grêt! Diolch!' atebodd Efa ar unwaith.

Roedd Efa, ei brawd Jac a'u rhieni wedi dod i aros gyda Hen Fodryb Wini yn ei bwthyn bach ar lan y môr am dair noson. Ond doedd dim llawer o le ganddi ar gyfer ymwelwyr.

Byddai Jac yn cysgu ar wely
dros-dro lawr stâr a Mam a
Dad yn cysgu yn yr ystafell
sbâr lan llofft. Ac yna roedd yr
ystafell wely fach ym mhen
ucha'r tŷ . . .

'Rwy'n falch dy fod ti'n hoffi'r ystafell, cariad bach,' meddai Hen Fodryb Wini wrth Efa. 'Ystafell merch fach yw hi – fy merch fach *i*.' Ochneidiodd Hen Fodryb Wini. 'O, rwy'n dal i golli Anna'n ofnadwy!'

'Pwy yw Anna?' gofynnodd Efa.

Erbyn hyn roedd mam Efa
wedi dod i fyny atyn nhw.
Gwgodd a dweud,

'Wel wir, Efa! Wyddost ti ddim
am dy gyfnither Anna? Hi oedd
merch fach Modryb Wini, amser
maith yn ôl.'

'O,' meddai Efa.

Yn hwyrach y noson honno, pan oedd y plant ar eu pennau eu hunain, dyma Jac yn dweud wrth Efa, 'Rwyt ti'n mynd i gysgu yn ystafell fwgan!'

'Paid â bod yn wirion.'

'Dydw i ddim yn wirion. Fe glywes i Mam a Dad yn siarad yn dawel bach. Ddwedon nhw fod ysbryd yn yr ystafell yn yr atig, ond ei fod e'n gwbl ddiniwed. Wnaiff e ddim unrhyw ddrwg i ti, fwy na thebyg.'

'Dydw i ddim yn dy gredu di,' meddai Efa. 'Sut glywest ti hynny?'

'Wel, fe wnes i.'

'Rwtsh,' meddai Efa. 'Rwy'n mynd i ofyn i Mam a Dad.'

'O ie, reit! Ddwedan nhw ddim byd i dy frifo di. Gwadu fyddan nhw, gei di weld.'

Ar ôl hynny, felly, soniodd Efa 'run gair am yr ysbryd yn yr ystafell. Tynnu ei choes hi roedd Jac – fel arfer. Weithiau roedd e'n ei phryfocio hi gymaint, roedd hi'n ei gasáu. Fel y tro yma.

Ond y peth pwysicaf i'w gofio oedd nad oedd y fath beth ag ysbryd yn bod.

Pennod 2

Pan ddaeth hi'n amser gwely,
Efa oedd y cyntaf i fynd lan stâr.
Aeth Hen Fodryb Wini gyda hi.

Roedd drws ar y landin wrth y
ddwy ystafell wely arall, ac yna
grisiau cul, serth yn arwain i'r
atig. Ystafell fach oedd hi, yn
union o dan y to.

Yn y pen pellaf roedd ffenest.
Tyfai coeden y tu allan. Roedd y
dail yn tywyllu'r ffenest ac yn
creu cysgodion yn yr ystafell.
Roedd gwely, bwrdd gwisgo a
drych hir yno.

   Dangosodd Hen
Fodryb Wini silff yn
llawn addurniadau bach tseina.
'Roedd Anna'n casglu'r cathod
bach tseina hyn pan oedd hi'r un
oed â ti. Roedd hi'n dwlu ar
anifeiliaid. Wedi dotio'n lân.'
   Ochneidiodd Hen Fodryb Wini.
Doedd Efa ddim yn hoffi ei
chlywed hi'n ochneidio'n uchel
bob tro y byddai'n sôn am Anna.

'Dyma swits y golau,' meddai Hen Fodryb Wini yn fwy sionc. 'Mae'n anodd dod o hyd iddo fe yn y tywyllwch, felly sylwa ble mae e. Ond fyddi di ddim angen y golau pan fyddi di yn y gwely. Mae'n ystafell glyd iawn. Roedd Anna wrth ei bodd yma.'

Ochneidiodd Hen Fodryb Wini eto.

Daeth Mam at Efa i'w swatio hi'n y gwely.

'Cofia di, Efa, mae croeso i ti ddod lawr stâr aton ni os bydd rhaid. Fe adawa i ddrws y stâr ar agor ar ôl i fi fynd lawr. Bydd e ar agor drwy'r nos.'

'Ond fe fydda i'n iawn, yma, Mam. Fydda i?'

'Wrth gwrs,' meddai Mam. Rhoddodd gusan i Efa ac yna ei gadael ar ei phen ei hun.

Gwrandawodd Efa ar siffrwd
y dail y tu allan i'r ffenest.
Ymhen tipyn roedd hi'n
cysgu'n drwm.

Deffrodd yn sydyn. Oedd oriau wedi mynd heibio'n barod? Credai'n siŵr fod rhywun yn ceisio ei deffro trwy daro'r ffenest.

Roedd rhywun yn taro'r ffenest.

Gwrandawodd yn astud heb symud dim. Weithiau roedd y sŵn taro'n distewi, ac yna'n ailddechrau . . . eto ac eto.

Ac roedd hi'n siŵr bod dau lygad yn edrych i fyw ei llygaid hi.

Yng nghanol ei dychryn, clywodd sŵn arall. Roedd y gwynt wedi codi ac yn chwythu'n gryf o gwmpas y tŷ. Roedd yn chwifio brigau'r goeden oedd y tu allan i ffenest ei hystafell. Cafodd Efa syniad. Eisteddodd i fyny yn y gwely ac edrych tuag at y ffenest.

Oedd, roedd hi'n iawn.
Y gwynt oedd yn taro brigau a
dail yn erbyn ei ffenest. Dyna
oedd yn gwneud sŵn tebyg
i fysedd yn curo.

Gorweddodd yn ôl. Anghofiodd
am y llygaid oedd wedi bod yn
syllu arni, a syrthiodd i gysgu.

Erbyn y bore roedd y gwynt wedi tawelu; ond amser brecwast meddai Jac,

'Mae'n siŵr fod y gwynt yn gwneud sŵn y tu allan i dy ffenest di neithiwr, Efa.'

'Oedd e?' meddai Efa, a'i cheg yn llawn tost. 'Gysges i drwy'r nos. Mae hi'n ystafell mor glyd. Druan ohonot ti'n gorfod cysgu yn dy wely bach lawr stâr.'

Pennod 3

Roedd hi'n ddiwrnod heulog
braf ar ôl y noson stormus,
a bu'r Dafisiaid ar y traeth
drwy'r dydd.

Erbyn iddi fynd i'r gwely
roedd Efa wedi blino'n lân.

'Cysga'n dawel,' meddai Mam,
wrth ei swatio yn y gwely.

Ond gorweddodd Efa a'i
llygaid ar agor led y pen.
Yn sydyn cofiodd am y drws
ar waelod y grisiau oedd yn
arwain i'r atig. Oedd Mam wedi
cofio ei adael ar agor? Ond
doedd dim ots, wrth gwrs.
Doedd dim ysbryd – wrth gwrs.
Ond eto . . .

Roedd golau'r lleuad yn llifo i mewn drwy'r ffenest, ond roedd cysgodion tywyll iawn yng nghorneli'r ystafell. Cofiodd Efa am y llygaid yn syllu arni, ond doedd hi ddim am feddwl amdanyn nhw.

Penderfynodd godi. Roedd hi'n mynd i archwilio pob twll a chornel o'r ystafell. Ond

methodd yn deg â dod o hyd i'r swits.

Aeth i lawr y grisiau er mwyn gweld a oedd y drws ar agor. Teimlodd ei ffordd i lawr yn ofalus yn y tywyllwch, ac – yn wir – roedd e ar agor.

Yr ochr arall i'r drws gallai
glywed sŵn y teledu yn y lolfa.

Popeth yn iawn.

Dringodd y grisiau i fynd
yn ôl i'r gwely. Wrth groesi llawr
yr ystafell, edrychodd at
y ffenest.

Roedd rhyw ffigwr gwyn,
aneglur yn dod tuag ati.

Edrychai fel merch fach. Stopiodd yn stond, yr un pryd yn union ag Efa. Ceisiodd Efa agor ei cheg i weiddi am help. Ond roedd hi'n methu sgrechian. Roedd hyn yn hunllef. Doedd hi ddim yn gallu gwneud unrhyw sŵn o gwbl. Cododd ei braich i'w hamddiffyn ei hun, ond cododd y ferch arall ei braich hefyd. Yn union fel Efa.

Yna sylweddolodd Efa ei bod
hi'n edrych ar ei hadlewyrchiad
ei hun – yn y drych ar y bwrdd
gwisgo!

Edrychodd arni ei hun yn
gwylio'i hun yn y drych. Yna
aeth yn ôl i'r gwely. Ond roedd
ganddi'r teimlad o hyd fod
rhywun yn syllu arni; o'r
diwedd fe gwympodd i gysgu.

Drannoeth, penderfynodd gadw'n dawel am ei chamgymeriad yn ystod y nos. Ond meddai wrth Jac, 'Dim ysbryd neithiwr chwaith!'

Ac atebodd e'n ddiflas, 'O, ro'n i'n gwybod y byddet ti'n fodlon credu unrhyw beth!'

Pennod 4

Roedd ail ddiwrnod y Dafisiaid
ar lan y môr bron cystal â'r
diwrnod cyntaf. Ond yn hwyrach
y diwrnod hwnnw, dechreuodd
cymylau duon grynhoi ar y
gorwel ac roedd sŵn taranau i'w
glywed yn y pellter.

Poenai Hen Fodryb Wini am Efa'n cysgu yn yr atig.

'Gobeithio nad oes ofn mellt a tharanau arnat ti, Efa fach.'

Atebodd Mam, 'O, bydd Efa'n iawn. Jac yw'r un sydd ddim yn rhyw hoff iawn o storm.'

Roedd golwg gynddeiriog ar wyneb Jac, a golwg hunangyfiawn ar wyneb Efa.

Y noson honno clywodd Efa'r taranau'n dod yn nes trwy ei breuddwyd, ond deffrodd yn sydyn a gweld mellten yn fflachio.

Rhoddodd wich, oherwydd roedd rhywun yn sefyll ynghanol yr ystafell. Mam!

'Fe wna i gau'r ffenest yn dynn i ti, rhag ofn i'r glaw ddod i mewn.'

Popeth yn iawn.

Gwrandawodd Efa ar sŵn
traed ei mam yn mynd i lawr y
stâr. Byddai Mam yn siŵr o
fynd i weld a oedd Jac yn iawn.
Roedd e'n casáu mellt a
tharanau – yn wahanol iddi hi.

44

Gorweddodd yn ôl yn ei gwely.

Ond roedd hi'n methu'n lân â chysgu.

Daeth yr hen deimlad yn ôl . . . *Roedd rhywun yn yr ystafell, yn syllu arni.* Roedd hi'n gwbl sicr y tro yma.

'Ond does neb yma,' meddai wrthi ei hun.

Ond rhaid bod *rhywun* yno.

Arhosodd i'r fellten nesaf ddod. Na – doedd neb yno.

Ond roedd hi'n siŵr fod pâr o lygaid yn ei gwylio.

Eisteddodd i fyny yn ei
gwely. Roedd y storm wedi
tawelu ychydig – dim mellt,
dim taranau. Edrychodd i bob
cornel o'r atig.

Ac yna gwelodd y llygaid:
dwy lygad felen yn syllu arni
o'r llawr.

O! Cath fach!' Galwodd ar y
gath yn dawel:

'Pws, pws, pws!' Ond ddaeth
y gath – un ddu a gwyn – ddim
ati. Sleifiodd fel cysgod yn ôl i'r
cornel tywyll.

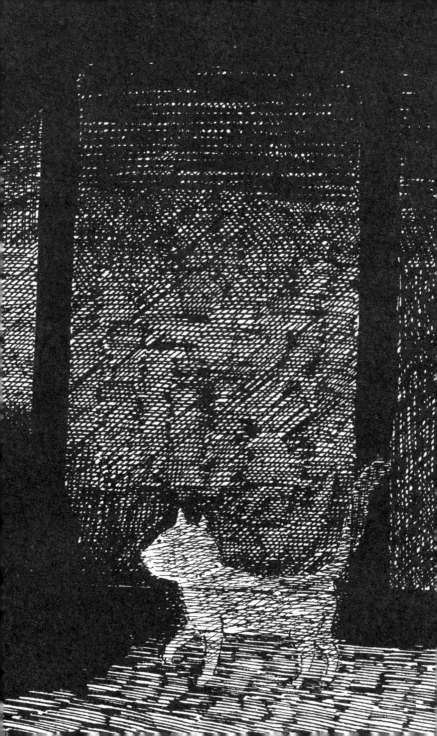

'Paid â bod ofn y mellt a'r taranau,' sibrydodd Efa.
'Edrycha i ar dy ôl di.' Syllodd y llygaid melyn arni, ond ddaeth y gath ddim mymryn yn nes.

O'r diwedd, rhoddodd Efa y gorau i'w pherswadio, a gorweddodd i lawr unwaith eto i gysgu. Ceisiodd feddwl sut oedd y gath wedi dod i fyny i'r atig, ond yna cofiodd fod y drws ar waelod y grisiau'n gilagored. Dyna'r ateb.

Roedd ar fin syrthio i gysgu pan glywodd sŵn mewian ar waelod y gwely. Roedd y gath wedi dod ati o'r diwedd. Roedd wedi neidio ar y dillad gwely . . .

Byddai Efa wedi hoffi gwasgu ei thraed yn erbyn y gath i'w chysuro, ond doedd hi ddim am godi ofn arni eto. Roedd yn greadur bach mor swil.

'Nos da, pws,' sibrydodd Efa ac yna aeth i gysgu'n drwm.

Pennod 5

Pan ddeffrodd Efa drannoeth roedd y gath wedi diflannu.

Amser brecwast, gofynnodd Hen Fodryb Wini i Efa a oedd hi wedi cysgu'n iawn.

'Do diolch, yn dda iawn. Rwy'n hoffi ystafell Anna. Ydy hi wedi marw?'

'Efa!' gwaeddodd Mam yn syn.

'Mae Anna'n briod a chanddi bump o blant ac mae'n byw yn Seland Newydd.'

'Rwy'n ei cholli hi'n ofnadwy,' ochneidiodd Hen Fodryb Wini.

Gwnaeth Efa wyneb doniol ar Jac ond edrychodd ef i ffwrdd, heb gymryd sylw ohoni.

Yn y car ar y daith adre, meddai Efa, 'O na, rwy wedi anghofio dweud hwyl fawr wrth y gath.'

'Pa gath?' gofynnodd Jac. 'Doedd dim cath yno.'

'Y gath fach ddu a gwyn. Cysgodd hi ar fy ngwely i drwy'r nos neithiwr.'

'Doedd dim cath yno,'
meddai Jac eto.

'Oedd.'

'Nac oedd.'

'Stopiwch, chi'ch dau,'
meddai Dad.

58

Doedd Mam ddim wedi bod yn gwrando'n iawn ar y ddadl. Ond yna dwedodd, 'Rydych chi'ch dau'n iawn, mewn ffordd. Doedd dim cath gan Wini. Ond amser maith yn ôl, pan oedd Anna'n ferch fach, roedd ganddi gath ddu a gwyn. Rwy'n cofio Wini'n dangos llun ohonyn nhw gyda'i gilydd. Ac . . .

roedd y gath yn arfer cysgu ar
waelod gwely Anna bob nos.
Yn union fel y dwedest ti, Efa.'

Hefyd yn y gyfres:

*Cysylltwch â Gwasg Gomer
i dderbyn pecyn o syniadau
dysgu yn rhad ac am ddim.*